Ce livre appartient à :

. . . .

. . . .

. . . .

Les Saucisses de l'archiduchesse

Éditions Lito

Olivier Ka

Illustrations de Joëlle Passeron

Les Saucisses de l'archiduchesse

chapitre 1

– Éléonore, je t'en prie, dépêche-toi ! Nous n'attendons plus que toi !

Au pied du grand escalier blanc, madame Strugasporel croise les bras et tape du pied, montrant d'évidents signes d'impatience. Éléonore, d'un pas traînant, quitte sa chambre mais s'arrête en haut des marches. Pourquoi ses parents tiennent-ils absolument à ce qu'elle vienne avec eux ? Elle n'a aucune envie d'aller se fatiguer pendant des heures dans la montagne, en portant un gros sac à dos, au milieu des plantes vénéneuses et des insectes agaçants !

– Maman, je suis vraiment obligée de venir ?

– Il est trop tard pour discuter, je te ferai remarquer. Ton père et les domestiques sont déjà dans la voiture.

Éléonore lance un regard irrité à sa mère. Madame Strugasporel lui en rend un identique. La femme et sa fille ont exactement la même expression, les mêmes yeux.

Tout le monde dit qu'Éléonore est la copie conforme, en miniature, de sa maman. Toutes les deux ont les cheveux bouclés et blonds, un petit visage aux pommettes arrondies et au nez pointu, des lèvres fines et des yeux bleus délavés. Elles ont également en commun un très mauvais caractère et une haute opinion d'elles-mêmes.

– Je n'ai pas envie d'aller à votre randonnée, déclare la petite fille.

– Ton avis importe peu, répond sa maman. Descends immédiatement cet escalier, sans un mot de plus.

– Je ne vois pas pourquoi j'irais perdre mon temps dans cette montagne idiote !

– Si tu ne m'obéis pas dans la seconde, je te prive de télévision pendant deux mois.

– Je m'en fiche.

– Plus de cheval.

– Je m'en fiche.

– Plus d'argent de poche.

Éléonore reste silencieuse. Sa maman vient d'user de l'argument suprême, celui contre lequel elle ne peut pas lutter.

– Mais Maman ! Je ne peux pas vivre sans mon argent de poche !

Avec un sourire satisfait et méprisant, sa mère répond :

– Alors je te conseille de nous rejoindre.

La petite fille pousse un soupir de mécontentement avant de s'engager dans l'escalier, en martelant les marches avec fureur. Ses pas résonnent dans le vaste hall que sa mère traverse d'un pas fier, la poitrine bombée et le menton haut.

La voiture – une longue berline luxueuse – attend devant le perron, le moteur ronronnant. On ne voit pas l'intérieur à cause des vitres fumées, mais Éléonore se doute que tout le monde la regarde. Elle fait exprès de sortir lentement et, avant d'atteindre le véhicule, se retourne pour dire au revoir à la maison.

Un bref coup de klaxon la rappelle à l'ordre. La fillette pivote et descend le perron d'une démarche exagérément nonchalante.

« Puisque mes parents veulent m'obliger à aller faire cette stupide randonnée, je vais leur pourrir leur journée ! » se dit-elle en ouvrant la portière du véhicule.

Après trois heures de route durant lesquelles Éléonore ne desserre pas les lèvres, la famille Strugasporel, le chauffeur et les deux domestiques atteignent la montagne. À peine descendu du véhicule, Papa s'exclame :

– Ah, quel bonheur ! Cette journée à la montagne va nous remettre en forme !

– Oh oui, un peu de sport ne nous fera pas de mal, surenchérit Maman.

Puis ils s'emparent chacun d'un petit sac à dos presque vide, laissant aux domestiques le soin de porter les autres bagages : les quinze kilos de nourriture, la table et les chaises pliantes, les habits de rechange, les six appareils photos et les quatre Caméscopes, ainsi qu'un barbecue avec sa réserve de charbon.

Éléonore aussi a droit à sa musette.

– Ah non, je ne veux rien porter ! râle la fillette.

– L'art de la randonnée consiste à ne pas ménager ses efforts, sermonne Papa. Le partage du poids fait partie de cette merveilleuse discipline, et tu dois t'y tenir, comme tout le monde.

Éléonore n'insiste pas. De toute façon, le sac ne pèse pratiquement rien.

Après avoir encore une fois loué les bienfaits de cette marche à venir, Papa donne le départ. La famille Strugasporel s'élance d'un bon pas, tandis que dans son dos les deux domestiques surchargés peinent déjà à avancer. Seul le chauffeur – le bienheureux – reste près du véhicule afin de le garder.

Éléonore râle, donne un coup de pied dans un caillou, soupire et se plaint : « J'ai mal aux pieds ! Mon sac est trop lourd ! J'ai trop chaud ! »

Papa se retourne, un sourire radieux éclairant son visage :

– Allons, mon ange, fais preuve d'un peu plus d'enthousiasme. Et tu apprendras qu'on peut obtenir de grandes satisfactions dans la peine.

– Je m'en fiche. Je ne veux pas marcher.

Éléonore s'arrête, croise les bras et toise ses parents :

– D'ailleurs, personne ne peut m'obliger à marcher. Si vous voulez que je vous suive, vous n'avez qu'à me porter !

Maman lance un regard incendiaire à sa fille. Papa lève les yeux au ciel. Les deux domestiques en profitent pour poser les bagages par terre et souffler un coup.

Papa s'approche d'Éléonore et se penche sur elle. Il

a toujours fait preuve d'une grande patience devant les légendaires caprices de sa fille.

– Certes, on ne peut pas te forcer à avancer. Tu peux très bien refuser de nous accompagner, c'est ton droit.

Éléonore affiche un sourire pincé. Elle prend toujours beaucoup de plaisir quand son père s'adresse à elle comme à une grande personne.

– Dans une situation comme celle-ci, poursuit son père, tu as donc le choix entre deux solutions. Soit tu viens avec nous et nous partageons cet instant béni en famille, ce qui nous procurera à tous, toi y compris, un grand bonheur. Soit tu fais ton archiduchesse renfrognée, et ça n'est pas un problème : tu fais demi-tour, tu rejoins le chauffeur et… TU NOUS LÂCHES UN PEU LES GODASSES !

Éléonore ouvre la bouche, abasourdie par ce que vient de sortir son père. Sa mère lâche un hoquet de surprise, quant aux deux domestiques, ils s'échangent des sourires complices. La fillette, le visage empourpré, pousse un grognement avant de tourner les talons et de reprendre le chemin inverse.

– Et ne t'éloigne pas de la voiture ! lance Papa.

chapitre 2

Alors là, c'est inadmissible ! C'est scandaleux ! C'est… c'est…

Éléonore sent monter les larmes. Jamais on ne lui a parlé comme son père vient de le faire. « Tu nous lâches un peu les godasses ! »… Oh, il s'est adressé à elle comme à un vulgaire enfant du peuple, et en présence des domestiques, encore ! Comme si elle ne s'appelait plus Éléonore Strugasporel. Au château, on ne lui tient jamais ce langage, même devant les chiens. Jamais Éléonore ne s'est sentie autant humiliée.

Et puis, il lui a dit de ne pas faire son « archiduchesse ». Papa sait très bien qu'elle déteste qu'on l'appelle comme ça. C'est en ces termes que les enfants de son école se moquent d'elle. Ils l'appellent l'archiduchesse, parce que sa famille est riche, qu'ils vivent dans une grande maison et qu'ils ont des domestiques. Dans leurs bouches, archiduchesse n'est pas un titre de noblesse, c'est une insulte. Son père l'a insultée, voilà ce qu'il a fait !

La fillette avance d'un pas soutenu, le dos voûté, les yeux rougis et la mâchoire tendue. Mentalement, elle cherche le meilleur moyen de se venger. L'affront ne restera pas impuni ! Que le fautif soit son papa ne change rien. Il payera, d'une manière ou d'une autre ! Éléonore a toute la journée pour élaborer un plan de revanche. Toute la journée en compagnie du chauffeur qui n'aura pas intérêt à la ramener, sinon…

Éléonore s'arrête. Elle lève la tête et cligne des yeux. Cela fait un moment qu'elle marche, elle aurait déjà dû atteindre la voiture.

Or, pas de trace de la voiture.

Ni du chemin sur lequel elle devrait logiquement se trouver.

Elle se retourne, cherche des yeux.

Autour d'elle, des arbres, des rochers, et encore des

arbres. Éléonore souffle bruyamment. Elle s'en veut d'avoir été aussi distraite. Plongée dans ses pensées, elle a quitté le sentier sans s'en rendre compte. Maintenant, elle va devoir faire demi-tour, et marcher encore pour retrouver la piste. Pfff, quelle galère !

Elle n'aurait jamais dû venir ici. Elle aurait mieux fait de refuser catégoriquement de monter dans la voiture. À l'heure qu'il est, elle serait tranquillement chez elle, avec les employés de maison, personne ne l'aurait traitée d'archiduchesse, et on ne lui aurait pas dit de *lâcher un peu les godasses*.

La petite fille reprend le chemin inverse, plus énervée que jamais. « Je déteste cette forêt ! peste-t-elle intérieurement. Je déteste mes parents ! Je déteste tout le monde ! »

Durant plusieurs minutes, les dents serrées, Éléonore foule les feuilles séchées. Elle contourne des troncs, enjambe des branches mortes. Bon sang, où est ce chemin ? Elle aurait dû le retrouver depuis longtemps. Il n'a quand même pas été effacé ?!

La fillette stoppe sa marche. Devant elle, le sol grimpe de plus en plus. De chaque côté, son regard se perd parmi les arbres. Où aller ? De quel côté se trouve le sentier ? À quelle distance ? Éléonore a perdu le sens de l'orientation, elle se sent comme une souris égarée au cœur d'un labyrinthe. Une terrible angoisse lui comprime soudain la poitrine. « Je suis perdue ! », se dit-elle.

Ne pas s'affoler. Ne pas paniquer. Et puis, ne pas pleurer, ça ne sert à rien. Éléonore respire profondément, puis se met à crier :

– Y a quelqu'un ? Hou houuu !

Elle tend l'oreille, mais elle n'entend rien, absolument rien.

– Je suis perdue ! hurle-t-elle de plus belle. Est-ce qu'il y a quelqu'un ?

Sa voix semble résonner un instant dans l'immensité de la forêt, avant de s'éteindre, écrasée par un silence pesant. Éléonore se sent seule, affreusement seule. Elle ne sait pas quoi faire pour se sortir de là. Elle aurait envie de s'asseoir par terre, et d'attendre qu'on vienne la chercher. Et puis qu'on la porte, parce qu'elle en a vraiment marre de marcher.

La fillette secoue la tête. Qui va venir la chercher ? Le chauffeur ne sait pas qu'elle a fait demi-tour pour le rejoindre. Ses parents sont partis pour plusieurs heures de marche dans la montagne, ils ne reviendront par ici qu'en fin d'après-midi. Éléonore n'a pas l'intention de passer la journée assise par terre avant qu'on s'aperçoive de sa disparition.

– Bon sang, je vais le retrouver, ce chemin ! crache-t-elle.

De quel côté partir ? Devant, ça monte vraiment trop. À gauche, on dirait que les arbres sont de plus en plus serrés. Elle décide donc de s'engager sur la droite.

« Alors là, Papa et Maman vont m'entendre ! songe-t-elle. C'est à cause d'eux si je suis perdue dans la forêt. Je jure qu'ils vont le regretter ! »

chapitre 3

Assise sur un rocher, Éléonore pleure en silence. Régulièrement, ses épaules sont secouées par les sanglots, et une nouvelle vague de larmes inonde son visage.

Elle a marché au moins une heure à travers la forêt, elle a pataugé dans des flaques de boue, escaladé des monticules et des troncs d'arbres couchés, elle s'est griffé les mollets aux ronces et s'est fait piquer le front par des moustiques. Elle a fait tout ça sans jamais croiser un chemin, sans rencontrer personne ni rien qui rappelle la civilisation. Et maintenant, désespérée et à bout de forces, la fillette ne peut rien faire d'autre que laisser couler ses larmes, en priant pour qu'on la retrouve.

Elle ne veut plus marcher dans cette affreuse forêt. Elle a mal aux jambes, elle se sent sale, elle a soif et elle a faim, et puis surtout, elle se sent abandonnée. Fragile. Jamais de sa vie elle n'a eu le sentiment d'être aussi vulnérable. Et puis, elle est fatiguée. D'avoir trop fait fonctionner ses jambes, d'avoir trop pleuré. Cédant à l'épuisement, elle s'allonge sur le rocher. Entre ses omoplates, quelque chose la gêne. C'est son sac à dos. Concentrée sur le besoin de retrouver sa route, elle avait complètement oublié qu'elle portait un bagage.

Fébrilement, elle décroche le sac de ses épaules et fouille dedans. Il ne contient qu'une bouteille d'eau et un paquet de saucisses déjà cuites. Même pas de biscuits ni de chocolat. Déçue, Éléonore se désaltère, puis récupère un peu d'eau dans sa main pour s'en passer sur le visage. Oh, que ça fait du bien !

Elle repense à l'affrontement avec son père. À la raison pour laquelle elle se trouve ici, isolée au cœur d'une forêt inconnue, complètement égarée. Pourquoi son père l'a-t-il appelée archiduchesse ? Pourquoi lui a-t-il parlé comme cela ? Quand on lui lance ce genre de méchanceté, à l'école, elle sent monter en elle des envies de meurtre. Ça lui donne encore plus de raisons de détester tout le monde. Tous ces ignorants qui ne veulent pas la comprendre, qui ne cherchent même pas à la connaître. De toute façon, elle s'en fiche. Ceux qui l'appellent archiduchesse sont des crétins. Même son père, voilà ! Et elle va lui prouver qu'elle n'est pas une petite fifille capricieuse. Elle va retrouver son chemin et lui faire la tête jusqu'à ce qu'il demande pardon !

Éléonore remet la bouteille dans son sac, descend du rocher et reste tétanisée. Juste devant elle, à quelques mètres, il y a un cochon. L'animal est parfaitement immobile et il la regarde. C'est un gros cochon rose aux larges oreilles qui pendent de chaque côté de sa tête, à la truffe humide et aux petits yeux marron. Éléonore n'ose pas faire un geste. Elle ne respire plus. Son cœur cogne bruyamment dans sa poitrine, elle l'entend résonner contre ses tympans.

Qu'est-ce qu'il fait là, ce cochon ? Qu'est-ce qu'il lui veut ? Est-ce qu'il va l'attaquer ? À l'idée que l'animal puisse l'agresser, Éléonore se met à trembler de la tête aux orteils.

– V… va-t'en… bredouille-t-elle. Allez… pcht !…

Le cochon penche la tête de côté. Puis il avance d'un pas. Comme si deux ressorts s'étaient matérialisés sous ses semelles, Éléonore bondit d'un coup au sommet du rocher. L'animal se rapproche encore un peu. La fillette, perchée sur le rocher et hors de portée du cochon, recule tout de même. Son genou glisse sur de la mousse humide, et vlagada ! elle dégringole et se retrouve par terre. Le porc contourne le rocher et rejoint la fillette étalée sur le dos.

– Aaaah ! Nooon ! Laisse-moi ! hurle-t-elle. Au secouuurs !

L'animal s'arrête, semble la renifler, puis dresse la tête avant de rétorquer :

– La pomme ne tombe jamais loin du pommier…

Éléonore sursaute. Elle regarde le cochon avec des yeux écarquillés et une bouche grande ouverte. Est-ce qu'elle a bien entendu ? Le porc a parlé ! Il a dit des mots ! Il… il… Non, c'est impossible ! Elle doit rêver, ou alors elle a imaginé cela, à cause de la peur…

Tout doucement, elle se met en position assise. Le cochon ne la quitte pas des yeux.

– Tu… tu as dit quelque chose ?… demande-t-elle timidement.

Elle s'en veut aussitôt d'avoir posé la question. Elle est en train de s'adresser à un cochon, bon sang !

– Bien sûr que non. Je suis un animal, je ne parle pas.

Éléonore secoue la tête, puis se frotte les yeux. Le cochon est toujours là, et il a l'air ravi. La peur que ressentait la petite fille se transforme en ébahissement.

– Alors c'est moi qui deviens folle… souffle-t-elle.

– Qui est le plus fou ? Le cochon qui parle ou celui qui l'écoute ?

La fillette plisse les yeux. Elle fait toujours cela quand elle réfléchit intensément. C'est que la situation est diablement absurde et qu'elle lui demande un grand effort mental pour se persuader qu'elle est bien en train de la vivre.

Une chose est sûre, Éléonore ne rêve pas. Elle n'est pas en plein délire. Ce qu'elle a devant les yeux n'est pas une hallucination. C'est un cochon doué de parole, rencontré en plein milieu d'une forêt montagneuse, et qui vient de lui poser une question à laquelle il est impossible de répondre. Ça fait tout de même beaucoup.

Éléonore ouvre la bouche, mais pas pour répondre, pour éclater de rire. Elle rit à gorge déployée, comme si on venait de lui raconter la blague la plus drôle de la terre. Ou comme si elle venait subitement de devenir archimaboule, ce qui est peut-être bien le cas.

Le cochon, lui, ne rit pas. Il semble attendre que la fillette se calme, les fesses posées sur les feuilles mortes. Quand Éléonore retrouve son sérieux, il lui dit :

– L'être humain est vraiment étrange. Il s'énerve quand il pense avoir raison et il rit quand il ne comprend pas. Ça devrait être le contraire, non ?

La petite archiduchesse essuie ses yeux que la crise

de rire a remplis de larmes, puis demande :

– Comment ça se fait que tu parles ?

– Tout le monde s'exprime. Même le vent qui siffle.

– Comment tu t'appelles ?

Le cochon se remet à quatre pattes et répond :

– Donne-t-on un nom aux choses qui n'existent pas ?

Éléonore se dresse à son tour. C'est étrange, mais en quelques minutes, elles s'est habituée à la présence du cochon et au fait qu'il soit capable de parler. Cela ne lui paraît plus vraiment dément. Comme si c'était normal, après tout, d'avoir une conversation avec un porc en pleine forêt. Elle se frotte une joue avant d'affirmer :

– Tu existes, puisque tu es là, devant moi, et qu'on cause ensemble.

– Si tu t'adresses à ton reflet, devant ton miroir, parles-tu vraiment à quelqu'un ?

La fillette croise les bras. Ah, c'est comme ça. Cet animal veut jouer au plus malin avec elle ? C'est mal connaître Éléonore Strugasporel. Elle en a déjà embrouillé plus d'un, et c'est pas un cochon des bois qui va lui prendre la tête !

– Tu réponds toujours à mes questions par d'autres questions. Ça veut dire que tu n'y connais rien !

– Celui qui ne pose pas de question n'obtient jamais de réponse.

– Si tu ne veux pas me donner ton nom, c'est moi qui vais t'en choisir un.

– D'accord.

– Je vais t'appeler… voyons…

Éléonore plisse à nouveau les yeux. Elle ne veut pas baptiser le cochon n'importe comment. Il lui faut un nom en rapport avec la situation.

– Oui, je sais ! s'exclame-t-elle. Je te nomme Philémon. C'est le nom d'un héros de bande dessinée qui vit dans un monde complètement fou qui n'existe pas. Ça te va parfaitement bien.

La fillette et l'animal demeurent longtemps face à face, sans rien dire. Puis Éléonore se rappelle qu'elle est complètement égarée en plein milieu de la forêt.

– Je suis perdue, dit-elle.

– Je suis au courant, répond Philémon.

– Tu peux m'aider à retrouver mon chemin ?

Comme s'il n'avait pas entendu la question, le cochon dépasse Éléonore en dodelinant. Puis, après quelques mètres, il se retourne et lance :

– Je ne sais pas encore. Cela dépendra de toi…

chapitre 4

Éléonore se fige, raide comme un piquet.

– Je ne mettrai jamais les pieds là-dedans ! clame-t-elle.

Le cochon s'est déjà engagé dans les marécages, il a les pattes enfoncées dans la boue, ce qui ne semble pas le déranger du tout.

– Il faut pourtant continuer, dit-il. Faire demi-tour est la pire des solutions quand on veut aller quelque part.

– Je m'en fiche, je ne veux pas salir mes chaussures !

– Eh bien tant pis.

Le cochon poursuit son chemin en pataugeant joyeusement dans le sol détrempé.

– Philémon, attends ! supplie la fillette. Je veux que

tu me portes !

L'animal se retourne et se rapproche d'Éléonore.

– Que je te porte ?

– Oui. Je veux monter sur toi.

– Quelle drôle d'idée…

La fillette, impatiente, s'énerve.

– Je refuse d'enfoncer mes pieds là-dedans ! C'est sale ! C'est dégoûtant !

– Tu penses vraiment que le meilleur moyen est de monter sur mon dos ?

– Oui !

– Eh bien, vas-y.

Éléonore enjambe l'animal en prenant soin de ne pas mouiller ses chaussures. Une fois à califourchon sur le porc, elle dit :

– Aaah, voilà, comme ça c'est bien.

– Puisque tu le dis.

L'animal fait quelques pas et, alors qu'il se trouve en plein milieu d'une large flaque d'eau trouble, il s'immobilise.

– Qu'est-ce que tu fais ? interroge Éléonore.

– Je ne peux pas aller plus loin.

– Pourquoi ?

– Parce que tu es trop lourde. Je n'ai pas assez de force pour supporter ton poids. Soit je te porte et je n'avance pas, soit j'avance et je ne te porte pas. Il faut choisir.

– Mais je ne veux pas choisir… gémit la fillette.

– C'est pourtant ce que tu fais en restant sur mon dos.

– Je ne bougerai pas d'ici tant qu'on ne sera pas au sec ! décide-t-elle. Tu n'as qu'à faire un effort pour traverser le marécage, et c'est tout !

Le cochon ne bouge pas, aussi immobile qu'une réplique de manège. Un moment s'écoule avant que l'animal commence à tanguer. Éléonore a tout à coup l'impression de se trouver sur une barque.

– Ah, tu te décides enfin à bouger, remarque-t-elle.

– Je bouge et pourtant je ne bouge pas, précise le porc.

– Qu'est-ce que tu racontes ?

– Face au temps qui s'écoule, celui qui n'avance pas recule…

– Je ne comprends rien à ton charabia ! s'agace la fillette. Tu ne peux pas parler plus clairement ?

– Le sol est trop mou. À force de rester sur place, je

m'y enfonce.

L'eau a déjà atteint les flancs rebondis du cochon. Éléonore se ratatine sur le dos de l'animal en remontant les jambes le plus haut possible.

– Eh ! Je ne veux pas être mouillée ! clame-t-elle.

– La situation a changé, dit le porc. Maintenant, tu as le choix entre rester sur mon dos et te tremper les fesses, ou bien sauter maintenant et ne mouiller que tes pieds.

Éléonore lâche un grognement exaspéré.

– Tu t'es fichu de moi !

L'eau boueuse a pratiquement avalé Philémon. Juste avant qu'elle imbibe le pantalon d'Éléonore, celle-ci quitte le cochon et plonge ses pieds dans le marécage.

– Arh ! C'est froid ! C'est horrible ! se plaint-elle.

Seules la tête et la queue vrillée de l'animal dépassent encore de la surface liquide. En râlant, la fillette patauge dans la mare. Par moments, elle a de l'eau jusqu'aux genoux. Le marécage s'étend sur plusieurs dizaines de mètres, et quand elle atteint la terre ferme, son pantalon est imprégné jusqu'à la taille.

Enfin tirée d'affaire, elle se retourne. Le cochon n'est plus visible. Éléonore l'appelle, mais elle n'ob-

tient aucune réponse. Se serait-il noyé ? Un sentiment de tristesse envahit la petite fille. Elle n'a pas fait attention à lui, elle l'a abandonné alors qu'il était pratiquement sous l'eau. « Il est peut-être mort à cause moi », se dit-elle.

Les mains en porte-voix, Éléonore appelle encore :

– Philémooon ! Tu m'enteeends ?

L'animal n'est plus là. Éléonore s'en veut beaucoup. Et elle se sent terriblement seule. Beaucoup plus seule encore qu'au début de son aventure malheureuse, avant qu'elle ait rencontré le cochon.

Elle attend un moment, immobile, son pantalon trempé lui glaçant les jambes. Philémon ne réapparaît pas. Alors la fillette tourne les talons… et trébuche sur le cochon.

– Eh ! Tu étais là ?! s'étonne-t-elle. Je ne t'ai pas entendu…

– Je t'ai manqué ? demande le porc.

– Non, c'est pas ça… mais j'ai cru que tu… j'ai eu peur de… enfin, je suis contente que tu sois là.

– Pourquoi cela ?

Éléonore est heureuse d'avoir retrouvé Philémon, car sans lui, elle est vraiment perdue. Mais ça, elle ne veut pas le lui dire, surtout après le coup qu'il lui a fait. L'obliger, elle, à se mouiller les jambes… Elle a sa fierté, tout de même !

– Parce que, c'est tout.

– Oh, mais tu n'es pas vraiment perdue, rétorque le cochon comme s'il avait lu dans les pensées de la fillette. Tu sais où sont le sol et les arbres. C'est quand tout cela disparaît que l'on peut vraiment dire qu'on est perdu.

Éléonore lance un regard interrogateur à l'animal. Encore une de ses énigmes incompréhensibles. Vraiment, ce cochon-là a le chic pour embrouiller son monde. La petite fille décide de ne pas faire attention à la dernière réflexion du porc,

et se remet en marche.
Quelques minutes plus tard, un épais brouillard se lève, enveloppant le sol et les arbres d'un voile laiteux…

chapitre 5

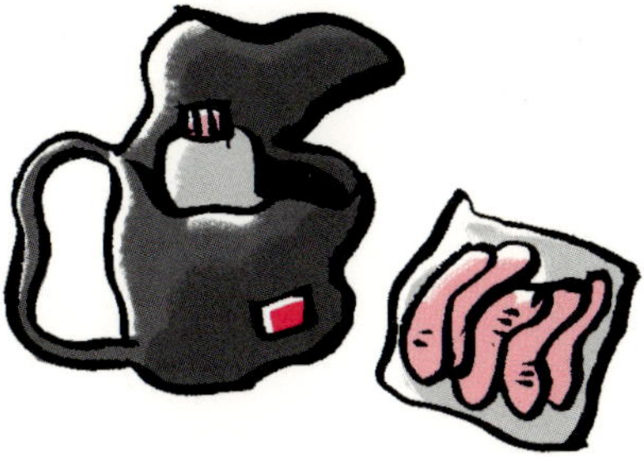

En quelques minutes, le brouillard est tombé sur la forêt, gommant tout autour d'Éléonore. Elle n'en a jamais vu d'aussi dense. Les bras tendus devant elle, la fillette avance à petits pas. Elle ne distingue plus rien, c'est comme si elle se trouvait au beau milieu d'une barbe à papa géante.

– C'est toi qui a fait ça, Philémon ?

– Penses-tu vraiment qu'un cochon ait le pouvoir de régler le temps ?

– Je pense surtout que tu as dit qu'on était vraiment perdu quand tout avait disparu autour, et c'est exactement ce qui est en train de se produire.

La fillette stoppe sa progression. Le brouillard est devenu si épais qu'elle ne voit même plus ses mains. Une sourde angoisse monte en elle, accompagnée d'un désagréable vertige. Elle se sent aveugle, privée de tous ses repères.

– Philémon, parle-moi, j'ai peur…

– Je suis là, répond l'animal dont la voix semble provenir de partout à la fois. Mais de quoi as-tu peur ?

– Je ne vois plus rien…

– Tu as peur de ce que tu ne vois pas ?

– Je ne sais plus où je suis…

– Tu es dans une forêt, entourée d'arbres. Tant que tu les percevais, tu n'avais pas peur. Maintenant qu'ils ne sont plus visibles, tu ressens de la crainte. Pourtant, tu sais bien que les arbres sont là, qu'ils n'ont pas bougé.

– Arrête, je t'en supplie… Enlève le brouillard…

– Il n'y a pas de brouillard.

Éléonore tourne la tête, et ses yeux, dans la brume, rencontrent ceux du cochon. La fillette comprend que derrière cette déclaration se cache un message. Le message que l'animal tente de lui faire saisir depuis le premier instant de leur rencontre. Ce qui est hallucinant, c'est qu'elle est certaine de cela tout en étant parfaitement incapable d'expliquer pourquoi. Cela tient peut-être au ton qu'a adopté Philémon.

Il n'y a pas de brouillard.

Éléonore ne distingue plus rien, elle a peur de ce qu'elle ne voit pas, c'est vrai, mais *il n'y a pas de brouillard.* Cela voudrait dire quoi ? Qu'elle a elle-même créé cette situation ? Qu'elle imagine tout ça ? Que cela ne se déroule que dans son esprit ?

Elle relève la tête. Le brouillard a disparu. La forêt a retrouvé sa netteté. Plus aucune trace de brume, elle s'est évaporée aussi rapidement qu'elle est apparue.

– C'est pas possible… c'est vraiment pas possible… souffle Éléonore.

– Maintenant que tu sais où tu te trouves, on peut continuer ? propose Philémon.

La fillette secoue la tête, complètement dépassée par ce dernier épisode. Puis elle se remet en marche, le cochon trottinant à ses côtés. Elle décide qu'il y a des choses auxquelles il vaut mieux ne pas chercher d'explications, sinon on risque de se griller des neurones.

Jusqu'à présent, elle n'a pas eu trop à se plaindre du relief. Elle a parcouru des terrains vallonnés, mais pas trop. Tandis que maintenant, Éléonore se trouve en face d'une pente ardue, qu'elle n'est même pas certaine de parvenir à escalader.

– Tu es sûr qu'on doit passer par là ? demande-t-elle au cochon.

– Ce que je sais n'a pas grande importance. Ce qui compte, c'est la confiance que tu mets dans mon jugement.

La fillette croise les bras, dans une pose exagérément excédée.

– Bon, et à part répondre des trucs débiles, tu sers à quoi ?

– À te montrer le bon chemin.

Soudain, Éléonore explose. Comme si quelque chose s'était rompu dans sa tête, un garde-fou qui l'empêchait jusqu'à présent de céder à la panique.

– Quel bon chemin ?! hurle-t-elle, le visage cramoisi. Ça fait des heures qu'on marche et on est toujours perdus ! Je suis épuisée, j'en ai ras-le-bol ! Et j'ai faim !

En disant cela, elle se souvient soudain du paquet

de saucisses enfoui dans son sac à dos. D'un coup d'épaule, elle fait tomber le bagage par terre, puis s'assied sur le tapis de feuilles mortes.

– Qu'est-ce que tu fais ? interroge le cochon.

– Je mange !

– Il vaut mieux ne pas perdre de temps.

– Je fais ce que je veux ! C'est pas toi qui va me dire quoi faire ! C'est pas un cochon qui va me donner des ordres !

– Ne fais pas ton archiduchesse…

Le sang d'Éléonore se met à bouillir. Son cœur s'emballe et ses yeux brûlent. Qu'est-ce qu'il vient de dire ? Qu'est-ce que ce foutu porc vient de lui sortir ?!

Oh ! Alors là, vraiment, c'en est trop ! La fillette serre les poings et lance un regard fiévreux à l'animal.

– Tais-toi ! Tu n'as pas le droit de me dire ça ! Je te préviens !

Le cochon secoue lentement la tête, comme s'il était consterné par la réaction d'Éléonore. La fillette se fige soudain. Au fait, comment Philémon sait-il qu'on l'appelle « archiduchesse » et qu'elle déteste ça ? Elle ne lui en a jamais parlé. Elle s'apprête à lui poser la question, puis se ravise. À tous les coups, il va encore répondre un truc tordu, ce n'est même pas la peine d'essayer. La fillette préfère se calmer. Elle lui lance :

– Bon, laisse-moi manger !

– Excuse-moi d'insister, mais je pense qu'il vaut mieux continuer notre route sans attendre.

– La ferme !

Éléonore fouille dans son sac à dos et en extrait le paquet de saucisses. En réalité, elle n'en a pas très envie. Elle n'a pas vraiment faim, contrairement à ce qu'elle a affirmé. Mais enfin, ce cochon commence sérieusement à l'énerver avec ses airs supérieurs et ses phrases mystérieuses. S'il y a une chose qu'Éléonore déteste par-dessus tout, c'est qu'on lui donne des ordres ou qu'on l'oblige à faire quelque chose qu'elle ne désire pas. Et puis, il l'a insultée. Il lui a dit la chose qu'elle supporte le moins. Alors, pour la peine, elle va prendre une pause, un point c'est tout, et le porc n'aura qu'à attendre qu'elle accepte à nouveau de marcher.

D'un geste ferme, la fillette s'empare d'une saucisse, puis elle toise l'animal avec un air de défi. Qu'a-t-il encore à dire ? Rien ? Même pas une phrase tout droit sortie du Dictionnaire-des-Expressions-Idiotes-à-Apprendre-Par-Cœur-Pour-Faire-Croire-Qu'on-Est-Intelligent ? Éléonore mord dans la saucisse et la mâche rageusement, très heureuse de montrer à Philémon de quel bois elle se chauffe. Très heureuse de faire son « archiduchesse », que ça lui plaise ou pas ! Il n'est pas encore né celui qui mènera Éléonore Strugasporel en bateau. Et il n'est pas près de l'être !

La fillette croque une seconde fois dans sa saucisse. On dit que l'appétit vient en mangeant, et c'est exactement ce qui est en train de lui arriver. Elle mastique la viande avec bonheur, en poussant de temps en temps des petits gémissements de volupté. En faisant cela, elle se rend compte de son état de fatigue et du

bienfait que lui procure la nourriture.

– Mmh, c'est bon, roucoule-t-elle, en fermant les yeux.

Comme une affamée, elle mord dans la charcuterie, qu'elle mastique la bouche ouverte. Du coin de l'œil, elle observe Philémon. Le cochon s'est allongé par terre en attendant qu'elle ait fini de se restaurer. Éléonore fronce les sourcils. Il y a quelque chose qui cloche. Sur le moment, elle ne comprend pas de quoi il s'agit, mais un truc est sûr, l'animal a changé. On dirait qu'il est… plus court.

La fillette lâche sa saucisse à moitié mangée qui roule sur les feuilles mortes. Elle se relève d'un bond, les yeux rivés sur Philémon. Oui, c'est bien ça, il est plus court ! Il… il lui manque un bout ! Tout l'arrière ! Oh, c'est affreux… C'est comme si on l'avait tranché net, juste avant la queue…

– Phi… lémon… bafouille Éléonore. Ça va ?…

Il n'y a pourtant pas de sang, ni de chair rouge. L'endroit où le corps du cochon s'arrête est couvert de peau rose, comme partout ailleurs. Simplement, ses fesses et ses pattes arrière ont disparu.

Éléonore a mangé un bout de la saucisse et l'arrière-train de l'animal s'est éclipsé. Elle a avalé de la viande... de la viande de cochon... et son compagnon a rapetissé. C'est comme si elle avait consommé un morceau de l'animal. Dégoûtée par cette pensée, elle tombe à genoux, sur le point de vomir.

– Et si nous y allions ? propose le cochon.

– Philémon... tes pattes...

– Mes pattes ? Oh, il va falloir s'en passer, hein ? On risque de mettre plus de temps à atteindre notre objectif, bien sûr. Mais l'important, ça n'est pas le but, c'est le chemin qu'on parcourt pour y parvenir...

– C'est... c'est ma faute ?... demande la fillette d'une voix blanche.

– Évidemment. D'ailleurs, tout est ta faute, non ?

Éléonore ferme les yeux. Sa nausée se transforme en migraine. Si elle ne retrouve

pas son chemin avant plusieurs heures, elle aura vraiment très faim. Elle n'a que des saucisses à se mettre sous la dent, mais si elle les mange, le cochon disparaît. Sans lui, est-ce qu'elle peut s'en sortir ?

Ce qui compte, c'est la confiance que tu mets dans mon jugement, lui a-t-il dit tout à l'heure. À présent, elle comprend mieux ce que cela veut dire.

chapitre 6

Philémon, privé de ses pattes arrière, rampe sur le sol de la forêt tel un militaire en exercice. La pente que le cochon et la fillette sont en train de gravir s'élève de plus en plus, et ils n'en voient pas la fin. Cela fait un bon moment pourtant qu'ils s'y acharnent, mètre après mètre, avec une difficulté grandissante.

Pour se hisser, Éléonore est obligée d'empoigner les troncs d'arbres. Régulièrement, ses pieds ripent sur le parterre couvert de feuilles, faisant dégringoler des cailloux loin derrière elle.

Le cochon a un mal de chien à la suivre. La fillette

fait des pauses de plus en plus longues pour l'attendre. À la force de ses seules pattes avant, l'animal progresse lentement, en faisant des efforts gigantesques.

– Éléonore… je ne peux plus… continuer… suffoque Philémon.

La fillette s'accroupit. D'une main, elle se tient solidement arrimée à un arbre, et de l'autre, elle empoigne une patte du cochon.

– Je vais t'aider, assure-t-elle en tirant l'animal vers elle. Mais le cochon est très lourd, malgré le bout manquant. Il faudrait une corde, malheureusement Éléonore n'en possède pas. Elle met toutes ses forces dans l'opération, en vain. Bon, puisqu'elle ne peut pas le tirer, elle va le pousser. En calant ses pieds contre des racines et en prenant appui sur les troncs les plus proches, la fillette descend et se place derrière l'animal. L'opération est dangereuse. Le sol est si pentu qu'au moindre faux pas, elle risque de basculer et de ne pas pouvoir s'arrêter avant d'être arrivée en bas. Et dans quel état…

Vu d'ici, le corps du cochon, auquel il manque les pattes et la queue, a quelque chose de malsain. On dirait un gros moignon qu'Éléonore hésite à toucher.

Mais elle n'a pas le choix. Elle a besoin de Philémon, elle le sait, sans lui il y a de fortes chances pour qu'elle ne soit pas sortie d'affaire avant la fin du jour. Et l'idée de passer la nuit toute seule dans cette forêt la terrifie.

À la manière d'un rugbyman en pleine mêlée, Éléonore bloque son épaule contre la partie sectionnée du

cochon, et se met à pousser. Ses semelles glissent sur la terre humide. À genoux, elle poursuit ses efforts, raclant les feuilles pourries et l'humus, dont l'odeur suave l'enveloppe.

– Allez !... Avance !... grogne-t-elle, les dents serrées.

Son visage dégouline de sueur, ses cheveux collent à son front, mais Éléonore ne faiblit pas. Philémon avance d'un pas, puis d'un second. La fillette se sert des aspérités rocheuses du sol pour y coincer ses pieds, elle pousse en y mettant toute son énergie. Ça marche. Le cochon progresse. Mais combien de temps va-t-elle pouvoir l'aider ? Elle sent déjà ses muscles brûler sous sa peau et le souffle lui manquer. Et la côte est encore si longue...

Soudain, son pied dérape sur une pierre couverte de mousse. Son genou heurte méchamment le roc. Une violente douleur se diffuse dans toute la jambe. Éléonore pousse un cri, elle se sent partir en arrière. Dans un réflexe, elle lâche le cochon et s'accroche des deux bras à une grosse branche tordue. Philémon, privé du soutien de la fillette, perd l'équilibre et dévale la pente.

– Philémooon ! hurle la fillette.

Le cochon, entraîné par son poids, roule sur lui-même, puis s'arrête net quelques mètres plus bas, retenu par un maigre tronc d'arbre.

– Éléonore… Continue… Continue sans moi…

– Nooon ! Je ne veux pas !…

Sous la masse de l'animal, le végétal ploie. De sinistres craquements se font entendre. Il ne va pas tenir longtemps.

– Vouloir et ne pas vouloir ne te feront pas avancer. Faire ou ne pas faire, voilà ce qui…

La mince branche se brise d'un coup. Happé par le vide, le cochon poursuit sa terrible chute.

– Philémooon ! Noooon ! crie Éléonore, la voix brisée.

Elle le suit des yeux un moment, jusqu'à ce qu'il disparaisse, loin en contrebas.

Bien qu'elle ne le voie plus, elle ne peut pas se résigner à détourner son regard. Elle espère l'apercevoir, se hissant à nouveau vers elle, mais elle attend longtemps et le cochon ne revient pas.

Que va-t-elle faire, maintenant ? Redescendre pour retrouver Philémon ? Après tous les efforts qu'elle a dû faire pour grimper jusque là, ça serait vraiment trop bête. Le cochon lui a dit qu'il fallait escalader cette pente jusqu'au bout. Il semblait connaître la direction qui lui ferait retrouver son chemin. Si elle fait demi-tour maintenant, alors elle est sûre de ne jamais quitter la forêt.

Désespérée, la fillette se met à sangloter. Étreignant un tronc d'arbre comme s'il s'agissait du cou de sa maman, elle pleure bruyamment, sans pouvoir se retenir. Elle pleure la disparition de Philémon. Elle pleure sur son sort, aussi. Et sur sa propre bêtise, qui l'a entraînée ici. Si elle avait suivi ses parents, rien de tout cela ne serait arrivé. Si elle avait écouté le cochon et qu'elle ne s'était pas arrêtée pour manger la saucisse, il serait encore à ses côtés. Il avait raison quand il disait que tout était sa faute. Elle s'en rend bien compte, maintenant, et elle s'en veut. Oh, bon sang, ce qu'elle s'en veut !...

La crise de larmes passée, Éléonore demeure encore un moment au même endroit, étourdie de tristesse. Puis elle reprend son ascension.

Un pas après l'autre, elle escalade le flanc boisé de la montagne, en essayant autant que possible d'oublier la fatigue, la douleur au genou (qui a doublé de volume), et l'image du cochon dégringolant la pente.

chapitre 7

Après une dernière barrière de rochers qu'elle franchit telle une alpiniste, Éléonore retrouve un terrain relativement plat. Elle est à bout de forces, à tel point que chaque muscle de son corps est pris de tremblements. Son genou la fait atrocement souffrir et elle est si fatiguée qu'elle est prête à vomir.

– Purée, je vais tomber dans les pommes, murmure-t-elle avant de se laisser choir par terre.

Devant elle, le paysage n'a pas beaucoup changé. Des arbres, toujours des arbres. Ils sont trop nombreux, c'est une armée de troncs qui se presse autour d'elle… une foule végétale qui l'encercle. On dirait qu'ils bougent… Éléonore secoue la tête. Non, c'est un effet optique dû à l'épuisement.

Elle resterait bien là, sur les feuilles mortes, allongée. Elle aimerait fermer les yeux et s'endormir, pour se réveiller dans son lit, après une bonne vingtaine d'heures de sommeil. Pourquoi les choses ne se termineraient-elles pas comme ça ? Pourquoi tout ne s'arrêterait pas d'un simple battement de paupières ?

Parce qu'elle s'est elle-même fourrée dans cette situation. À cause de son acharnement. À cause de son caractère buté. À cause de sa susceptibilité. Un visage se forme dans l'esprit de la fillette. C'est celui de sa mère, quand elle croise les bras et qu'elle lance son fameux regard incendiaire. Elle voit son sourire

pincé, et cette attitude méprisante qu'elle adopte quand quelque chose lui résiste.

– Je suis exactement comme elle, dit la fillette tout haut, le regard dans le vide. Je suis sa copie conforme.

Avec des gestes lents, ralentis par la douleur qui court dans tout son corps, Éléonore se remet debout.

– Ça va changer. Je vais changer. Oh oui, je ne veux plus être comme ça…

Respirant un grand coup, elle se remet en route. Droit devant elle. Sans dévier. Avec une démarche d'automate, elle continue de fouler le sol couvert de feuilles sèches. Quand soudain quelque chose lui frôle le dos. Éléonore sursaute et pousse un petit cri. Elle se retourne, il n'y a rien. On la touche encore

une fois, dans le dos, ça fait comme une main qui avance sur sa colonne. La fillette crie à nouveau. C'est son sac à dos ! Il y a quelque chose dedans ! Quelque chose de vivant !

En s'agitant comme si elle était en pleine crise d'épilepsie, Éléonore se débarrasse de son sac. Puis elle recule, horrifiée. Son cœur s'est emballé dans sa poitrine, ses pulsations lui résonnent dans la tête. Le sac gigote. Oh, mon Dieu ! Le sac gigote ! Éléonore respire bruyamment, elle est sur le point de hurler…

Un animal… C'est ça, c'est un animal… il a dû entrer dans le sac quand elle était assise par terre… Un écureuil, un truc comme ça… Oui, ce n'est rien qu'un petit écureuil inoffensif… Éléonore se force à calmer sa respiration… Pas la peine de paniquer…

Le bagage ne bouge plus. Il est inerte, immobile, comme tous les sacs à dos du monde quand il n'y a rien de vivant dedans. La fillette attend un moment, sans quitter le sac des yeux. L'animal s'est-il endormi ? Ou bien est-il sorti du sac sans qu'elle l'ait remarqué ? Tout doucement, Éléonore se rapproche de son sac. Elle s'agenouille devant. Lentement, elle tend la main. Puis, d'un geste vif, elle donne un petit coup contre la surface synthétique. Pas de sursaut à l'intérieur du sac. Aucun mouvement.

Avec mille précautions, la fillette dénoue la ficelle qui tient le sac fermé, et une fois celui-ci ouvert, le prend par le fond et le retourne. La bouteille d'eau roule par terre, aussitôt suivie du paquet de saucisses. Éléonore secoue le sac. Il est bien vide.

Elle pousse un long soupir de soulagement. Bon, la bestiole est partie, on n'en parle plus. La fillette remet la bouteille dans le sac, puis s'empare des saucisses. Dans sa main, celles-ci se mettent à bouger ! Le paquet s'ouvre et les saucisses, comme autant de doigts farfouillant l'air, se tortillent sous ses yeux ! Éléonore est tellement saisie que le cri qu'elle veut pousser reste coincé dans sa gorge. Les saucisses sont vivantes ! Elles remuent dans sa main ! On dirait de gros asticots roses qui se démènent pour quitter le sachet ! Quelle horreur !

La fillette est paralysée par la peur. Elle ne peut plus faire un geste. Bouge, Éléonore, bouuuge ! Fais quelque chose ! Débarrasse-toi de cette ignominie !

Elle se lève d'un bond, puis elle prend son élan et jette le paquet le plus loin possible. Elle y met toute l'énergie qu'il lui reste. Ses dernières forces y passent. Les saucisses volent dans les airs, filent entre un rideau d'arbres serrés et disparaissent de sa vue.

La fillette se frotte nerveusement la main contre son pantalon, elle sent encore au creux de sa paume

cette affreuse sensation créée par les saucisses qui ondulaient. Puis elle se sent partir. Ses jambes se dérobent sous elle, elle tombe par terre, terrassée par ce dernier épisode. Elle ne veut plus avancer. Elle ne veut plus lutter. Elle va rester ici, et c'est ici qu'on la retrouvera, demain ou dans vingt ans, elle s'en fiche. Sa joue entre en contact avec les feuilles mortes quand elle entend une voix lointaine :

– Mais ?! Qu'est-ce que c'est ?!…

Éléonore se redresse. Est-ce encore son imagination qui lui joue des tours ? Elle tend l'oreille, l'esprit aux aguets. La voix résonne à nouveau :

– Ce sont des saucisses ! J'ai reçu un paquet de saucisses en pleine figure !

Cette voix, elle la reconnaît ! Est-ce possible ?!… Éléonore se remet debout. Toute sa fatigue vient de s'envoler. Son cœur tambourine dans sa poitrine. Elle court, éperdument, dans la direction de la voix. Elle atteint le rideau d'arbres serrés. Elle le dépasse. Oui, ce sont bien eux, elle ne s'est pas trompée !

– Maman ! Papa !

Ils sont là, tous les deux, au milieu d'un chemin. Madame Strugasporel, le visage rouge, tient les saucisses d'Éléonore dans la main. C'est elle qui les a reçues en pleine figure. C'est sa voix que la fillette a entendue. D'un bond, Éléonore saute au-dessus du fossé pour se jeter dans les bras de sa mère.

– Éléonore ! fait-elle d'une voix outrée. Est-ce toi qui a lancé…

– Oh, Maman, je t'aime ! Je t'aime ! déclare la fillette, les yeux ruisselants de larmes.

– Eh bien, quel enthousiasme ! s'étonne son papa. On dirait que cette journée passée toute seule t'a fait le plus grand bien, mon enfant. Cela dit, tu aurais dû venir avec nous, cette randonnée était exquise.

Madame Strugasporel prend sa fille par les épaules et l'observe d'un regard plein d'incompréhension. Éléonore lui adresse un sourire radieux.

– Mais ?!… Comment se fait-il que tu sois aussi sale ?! interroge sa mère. Tu n'es donc pas restée auprès du chauffeur, comme nous te l'avions demandé ?

– Allons, ma chère, intervient monsieur Strugasporel. Il me semble que cette journée sans nous lui a bien servi de leçon.

– Oui ! Oui, ça m'a bien servi de leçon ! insiste

Éléonore.

Le visage de Philémon se dessine dans son esprit. Était-il réel, ce cochon parlant ? Il a affirmé ne pas exister, et la fillette se demande, en fin de compte, s'il n'avait pas raison. Des bribes de phrases résonnent encore dans sa tête. Les conseils du porc, ses déclarations énigmatiques. Tout cela avait un sens. Et Éléonore pense avoir compris ce qu'il voulait dire.

– Poursuivons notre route, voulez-vous, propose monsieur Strugasporel. Nous sommes presque arrivés.

Derrière eux, les domestiques apparaissent, courbés sous le poids de leurs gros sacs à dos. Éléonore regarde autour d'elle, et se rend compte alors qu'elle se trouve exactement à l'endroit où elle a quitté ses parents le matin même.

Durant toute la journée, elle n'a donc réalisé qu'une gigantesque boucle, pour revenir à son point de départ. Cette idée lui procure un dernier vertige. De peur de tomber par terre, elle s'accroche à la main de sa maman. C'est une douce sensation, réconfortante, qu'elle n'a pas ressentie depuis longtemps.

Machinalement, de sa main libre, elle cherche celle de son papa.

L'auteur nous raconte les coulisses des

Saucisses de l'archiduchesse

Un roman existe parfois grâce à l'association de plusieurs idées. J'ai inventé celui-ci en mariant différents ingrédients. D'abord, j'adore les randonnées. J'en fais souvent, et il m'arrive de me perdre. Ça faisait longtemps que j'avais envie d'écrire l'histoire d'un enfant égaré dans les bois, c'est un endroit magique qui permet à l'imagination de s'emballer. Ensuite, un ami m'a un jour sorti la première phrase que dit le cochon : « La pomme ne tombe jamais loin du pommier. » Je l'ai longtemps gardée en mémoire. J'aime beaucoup ce genre de phrases énigmatiques que l'on peut interpréter de différentes manières. J'avais le projet de mettre en scène un personnage qui ne parlerait que de cette façon. Et puis, ce qui a vraiment déclenché l'idée de cette histoire, c'est le titre. J'étais dans le train pour aller à Paris quand j'y ai pensé. Je le trouvais drôle, ce titre, je me le répétais mentalement et je riais tout seul. Pour pouvoir m'en servir, il me fallait donc une histoire avec une archiduchesse et des saucisses. En mélangeant les envies dont je parle plus haut avec ces deux nouveaux éléments, j'avais une histoire complète. Il ne restait plus qu'à l'écrire, ce que j'ai fait avec énormément de plaisir.

Olivier Ka

L'illustratrice nous raconte les coulisses des

Saucisses de l'archiduchesse

J'ai fait des centaines de balades en forêt quand j'étais petite, à pied ou à vélo, jamais en auto parce que ça, ma maman n'en avait pas.

J'ai vu des vaches, des moutons, croisé des hérissons ou des biches mais de cochon qui parle, jamais !

Elle en a de la chance Éléonore : elle habite une graaaaande maison, roule dans une looooongue voiture et ne porte qu'un tout petit sac à dos. Et quand elle croise un cochon, c'est un cochon philosophe. Bon, moi je m'appelle Joëlle et je n'aurais jamais osé parler à ma maman comme elle le fait, ceci explique peut-être cela…

Illustrer cette histoire de randonnée à cochon, non,

à la montagne, m'a bien plu.

Je revenais justement de deux semaines dans les Alpes (magnifiques, les Alpes) où j'avais pu tester la résistance de ma fille aux sentiers de grandes randonnées (minime, la résistance).

Elle aussi avait du mal à comprendre l'intérêt d'aller se fatiguer à marcher sur des sentiers, mais pour grandir, il faut bien sortir de sa limousine ou de chez soi !

Joëlle Passeron

Dans la même collection

À partir de 9 ans

Un sacré frimeur !
Gudule

La Guerre des fêtes
Arthur Ténor et Natallie

Le Testament secret
Jean Molla

Le Premier Noël de Mia
Sophie Dieuaide

Amélie contre les parents
Olivier Ka

Les Fées se rebiffent
Arthur Ténor

Les Aventures d'Autorouteman
Gudule

Pleure pas, Batman !
Olivier Ka

À partir de 10 ans

Cybér@, la sorcière du net
Jean Molla

Changement de programme !
Armand Toupet

Sirène
Gudule

La Maîtresse Verte en pyjama
Marie Mélisou

Les Passions de Johan
Ella Balaert

La Planque
Rémi Stefani

Chut ! les enfants parlent
Geneviève Senger

Les Saucisses de l'archiduchesse
Olivier Ka

L'Apprenti magicien
Arthur Ténor

Objectif Gutta-Percha
Freddy Woets

Le Bossu
de la Bonne Mère
Marc Séassau

Le Labyrinthe
du chevalier
de Cornador
Arthur Ténor et Natallie

Le Mystère Jessica
Michel Amelin

Le Cœur en pelote
Nadine Brun-Cosme

L'Ennemi de cœur
Geneviève Senger

Citrouilles et pommes
d'amour
Marc Seassau

Lito
41, rue de Verdun 94500 Champigny-sur-Marne
Imprimé en CEE
Loi n° 49-956 du 16 juillet 1949 sur les publications destinées à la jeunesse
Dépôt légal : février 2004